쉬엄쉬엄 가도
괜찮아요

쉬엄쉬엄 가도 괜찮아요

초판 1쇄 2019년 3월 31일
초판 3쇄 2024년 2월 1일

글쓴이 | 서정홍
펴낸곳 | 도서출판 단비
펴낸이 | 김준연
편 집 | 최유정
등 록 | 2003년 3월 24일(제2012-000149호)
주 소 | 경기도 고양시 일산서구 고양대로 724-17, 304동 2503호(일산동, 산들마을)
전 화 | 02-322-0268
팩 스 | 02-322-0271
전자우편 | rainwelcome@hanmail.net

ISBN 979-11-6350-015-5   43810
값 10,000원

쉬엄쉬엄 가도
괜찮아요

산골 농부 서정홍 시집

단비 danbi

나를 찾아가는 길목에서

생각하는 백성이라야 삽니다.
생각하는 백성이라야 역사를 지을 수 있습니다.
함석헌

작은 산골 마을에 뿌리를 내리고 농부로 산 지 어느덧 14년이 지났습니다. 수수, 녹두, 생강, 마늘, 양파, 배추, 고추, 감자, 여주, 오이, 가지, 울금, 당근, 땅콩, 옥수수, 무와 같은 여러 가지 작물을 심고 기르는 재미가 쏠쏠합니다. 그리고 산골 어르신들한테 배우고 깨달은 농사일과 슬기를 나누어 줄 수 있는 청년 농부들이 가까운 이웃 마을에 살고 있어 얼마나 행복한지 모릅니다.

청년 농부들과 함께 '담쟁이인문학교'를 운영하면서 '삶을 가꾸는 글쓰기' 공부도 하지만, 짬을 내어 도시 학교나 도서관에 가서 학생들을 만나 강연을 할 때도 있습니다. 그때마다 머릿속에 든 지식보다는 산골 농부가 아니면 들려줄 수 없는 생각과 삶을 나누려고 애씁니다. 그리고 학생들한테 여러 가지 질문을 던집니다. '나'는 무얼 잘할 수 있는지, 무엇을 할 때 가장 기쁘고 행복한지, 어떤 꿈을 꾸면 마음이 설레는지, 내가 꾸는 꿈이 나와 이웃과 세상 사람들한테 어떤 기쁨을 줄 수 있는지, 고민을 털어놓을 친구는 있는지, 내가 가장 짜증나고 슬플 때는 언제인지, 나는 지금 어디로 가고 있는지……

강연을 할 때 꼭 빠뜨리지 않고 던지는 질문이 있습니다.

"여러분은 이 세상에서 가장 소중한 게 무어라 생각하는지요?"

이 질문을 던질 때 학생들은 저마다 자신 있게 손을 들고 대답을 합니다. "가족이 소중해요." "저는 친구가 소중해요." "선생님, 저는 나 자신이 가장 소중해요." "돈이 가장 소중해요. 돈이 없으면 아무것도 할 수 없잖아요."

학생들한테 질문을 던지면서 나는 이런 대답도 듣고 싶었습니다. "저는 자연이 소중해요. 산과 들과 강과 바다가 없으면 사람이 살 수 없잖아요." "저는 식량이 소중해요. 성공하고 출세해서 돈을 많이 벌면 무어 하겠어요. 지구온난화로 홍수와 가뭄이 일어나 농부들이 농사를 짓지 못하면 우린 다 굶어 죽잖아요." "노동자들이 소중해요. 우리가 살아가는 데 꼭 필요한 집과 옷과 신발과 온갖 물건을 만들어 주는 노동자가 없으면 안 되잖아요." "저는 생명이 소중해요. 벌과 나비

와 지렁이 같은 생명이 없으면 단 하루도 살 수 없잖아요."“꿈이 소중해요. 꿈이 없으면 사는 맛이 없어요.”“선생님, 저는 시와 노래가 소중해요. 시와 노래가 없으면 여유와 낭만도 사라지잖아요. 그렇게 되면 우리 삶이 끔찍할 만큼 삭막해질 테니까요.”

둘레 사람들을 살펴보면 날이 갈수록 깊이 생각하기 싫어하는 것 같습니다. 까닭이야 많겠지요. “먹고살기 바빠서요.”“생각한다고 안 될 일이 되는 것도 아닌데 생각하면 무어 하느냐고요.”“아이고, 생각하는 것 자체가 귀찮아요.” 이런저런 핑계를 둘러대는 사람들한테 공자님 역시 “어찌할까 어찌할까 하고 깊이 생각하지 않는 사람은 나도 어쩔 수 없다.”고 했어요. 사람은 생각하는 동물이잖아요. 그래서 어떤 생각을 하느냐에 따라 어떤 사람이 되느냐가 결정되는 거잖아요. 저는 가끔 ‘나’라는 존재가 낯설고 무서울 때가 있어요. 나도 모르는 사이에 꾸역꾸역 들어온 생각이 ‘나’를 만들었다고 생각하면…….

이 시집이 세상 밖으로 나가 어떤 생각을 낳을지 알 수가 없어요. 다만 이 시집을 읽고 조금 더 깊이 조금 더 넓게 ‘생각하는 사람’이 늘어나면 좋겠어요. 그리고 ‘도시만이 내 인생의 전부’가 아니라는 생각도 해 본다면 좋겠어요. 시멘트와 아스팔트로 뒤덮인 메마른 도시를 벗어나, 스승인 자연(농촌)으로 돌아와 손수 농사짓는 사람이 늘어나면 좋겠어요. 그리하여 농부 교사, 농부 박사, 농부 판검사, 농부 변호사, 농부 한의사, 농부 의사, 농부 약사, 농부 공무원, 농부 국회의원,

농부 교육감, 농부 도지사, 농부 군수, 농부 교수, 농부 화가, 농부 사진
작가, 농부 소설가, 농부 시인, 농부 만화가, 농부 가수, 농부 배우, 농
부 철학자, 농부 영화감독, 농부 출판인, 농부 수녀, 농부 신부, 농부
목사가 많아지면 얼마나 좋을까요?

이 시집 1부는 청소년들에게 보내는 따뜻한 위로를, 2부는 청소년들
의 삶과 꿈을, 3부는 산골 농부의 삶과 꿈을, 4부는 산골 어르신들의
소박한 삶과 슬기를 그렸습니다. 시는 청소년이든, 어른이든, 어떤 직업
을 가진 사람이든, 한글을 아는 사람이면 누구나 쉽게 이해할 수 있도
록 써야 한다고 스승님께 배웠습니다. 그래야 함께 울고 웃으며 아름다
운 세상을 만들 수 있다고 말입니다. 시는 결코 잘나고 똑똑한 사람들
만의 것이 아니니까요.

시는 배부르고 편안한 날보다, 고달프고 쓸쓸한 날에 저를 찾아옵니
다. 그런 날은 새들이 시를 물고 찾아오기도 하고, 지나가는 바람이 시
를 안고 찾아오기도 하고, 봄비가 시를 품고 찾아오기도 합니다. 시가
찾아오는 날은 밥을 먹지 않아도 배가 부릅니다. 시는 곧 밥입니다. 제
가 차린 밥상 위에는 빛깔 좋은 오곡밥도 있고, 구수한 현미밥도 있고,
하얀 쌀밥도 있습니다. 가끔 고두밥이 나오더라도 제 부족함이라 여기
시고 너그러운 마음으로 드시면 고맙겠습니다.

산골 농부가 쓴 모자라고 서툰 시를 곱게 시집으로 엮어 주신 도서

출판 단비 식구들과, 이 시집에 주인공으로 나오는 모든 분께 머리 숙여 인사드립니다. 고맙습니다.

어느 한 사람도 기죽지 않고,
고루고루 넉넉한 세상을 꿈꾸며
서정홍

차례

2부
모두 제자리가
있다고요

3부
먹는 일보다 거룩한 일이
어디 있겠습니까

4부
땅에 발을 딛고
일을 해야 사람이 되지

1부 |

둥글게
앉아 보는
거야

아침 인사

이른 아침부터
비가 억수같이 쏟아지는데도
처마 밑 채송화 꽃밭에
벌들이 날아왔어요

― 꽃이 활짝 피지도 않았는데
어쩌려고 저러시나

반쯤 핀 꽃송이를 비집고
그 비좁은 꽃송이 안에
벌이 두세 마리나 앉았어요

서로 자리 내어 주며
소곤소곤 수군수군
아침 인사 나누느라
바빠요 바빠

손님

나도 모르게 불쑥불쑥 찾아와
나를 흔들고 가는
쓸쓸함과 걱정 따위에
탐욕과 편견 따위에
마음을 빼앗겨 절망하거나
질질 끌려다니지 말아야지
지나가는 바람처럼
잠시, 아주 잠시
나를 찾아온 손님이라
잘 어르고 달래서 고이 보내야지

천천히

천천히 생각해요
길이 잘 보일 수 있게

천천히 말해요
실수를 줄일 수 있게

천천히 결정해요
후회하지 않게

천천히 걸어요
함께 갈 수 있게

생각이 나를

태어날 때, 내 머릿속은 텅 비어 있었다
그런데 하루하루 살아가면서 '생각'이란 놈이
내 머릿속에 들어와 자리를 잡았다
나이가 들수록 더 넓게 더 깊이 더 굳게

— 공부해서 남 주랴
— 어떤 일이든 최선을 다하라
— 내가 잘살아야만 남을 도와줄 수 있다
— 반드시 성공해야 한다

남 주지 않을 공부는 해서 무얼 하느냐고?
어떤 일이든 왜 최선을 다 해야만 할까?
잘살지 않아도 서로 나누고 살면 안 될까?
성공하지 않아도 행복하게 살면 안 될까?

생각이란 놈은
이렇게 단순한 질문조차 할 틈을 주지 않고
나를 움켜쥐고는 주인 노릇을 했다

내가 주인인데

생각이란 놈한테 사로잡혀 여기까지 오다니!

그래도 다행이야

이제라도 나를 찾아 길을 나설 수 있어

여럿이 함께

들꽃도 함께 피어야 아름답고
새들도 함께 날아야 멀리 날 수 있지
사람도 함께해야 모든 일이 잘 풀려
혼자 끙끙 앓고 있으면 앞이 보이지 않아
어떤 일을 하다 앞이 보이지 않으면
여럿이 둥글게 앉아 보는 거야
둥글게 앉아 서로 생각을 나누다 보면
큰 고민거리도 작아질 테니까
세상 보는 눈이 깊어질 테니까
해야 할 일을 스스로 찾을 수 있을 테니까
누구나 기죽지 않고 살 수 있을 테니까

먹고사는 일

산을 아무리 돌아다녀도 먹을 게 없어
논밭을 헤집고 다니거나 닭장을 노리는
고라니 너구리 오소리 매 족제비 멧돼지 들을
너무 원망하지 말자

모두 모두 먹고사는 일이라

넘치지 않게

사람은
한평생 해야 할 일이 정해져 있대요
그 양보다 더하게 되면
골병이 든대요

사람은
한평생 마셔야 할 술이 정해져 있대요
그 양보다 더 마시게 되면
명대로 살지 못한대요

사람은
한평생 가져야 할 재산이 정해져 있대요
그 양보다 더 가지게 되면
삼대가 쫄딱 망한대요

불편한 진실

가진 것을 나누었는데

가난한 이웃이 있다는 것은

반드시 나누어야 할 게

더

있다는 뜻이다

애틋한 마음으로

내가 가는 곳마다 말없이 따라다니는
이 신발을 누가 만들었을까요?

가난한 노동자가 만들었을 거예요
비정규직일지도 몰라요
일거리 쌓인 날엔 야근도 했겠지요
때론 일요일 특근도 했을 거예요
몸이 부서져라 일을 해서
작은 집 한 채는 마련했을까요?
아니, 지친 몸 편히 누울
방이라도 한 칸 있을까요?

신발을 두 손으로 살며시 잡아 보세요
공손하게 허리를 숙여 신발을 바닥에 놓고
천천히 천천히 신어 보세요
세상이 다르게 보일 거예요
다르게 보이면 달라질 거예요

꽃 피는 봄날에

진주에서 서울로 가는 고속버스 안에서
버스 기사님이
괄괄한 목소리로 안내 방송을 합니다

안전벨트 잘 매이소이
안 매면 골병듭니다요
골병들면 자기만 손햅니더
그라고 음식 먹다가 손에 묻거들랑
버스에 바르지 말고 자기 옷에 발라야 합니더
그럼 출발하겠십니더

여기저기
봄꽃처럼 웃음이 터집니다

다 좋을 수는 없는 거지

마당에 잔뜩 늘어놓은 참깨가
소낙비를 쫄딱 맞고 울고 있다

엊그제 심어 놓은 배추가
소낙비를 쫄딱 맞고 웃고 있다

채송화

흙집 마당에 깔아 놓은
자갈 사이 비집고
지난여름부터 가을까지
꽃을 피우던 채송화

눈에 잘 보이지도 않는
작은 씨앗들을 땅에 내려놓고는
가을이 지나고 긴 겨울 지나 봄이 올 때까지
춥고 쓸쓸한 날들을 어찌 지냈을까요?

제 몸무게보다 수천수만 배 무거운
어쩌면 그보다
수천수만 배 더 무거웠을지도 모르는
자갈 사이 비집고
올해도 꽃을 피웠습니다

그냥 사람으로

잘난 데 하나 없는
그냥 사람으로

꼴찌를 해도 좋은
그냥 사람으로

내세우지 않아도 되는
그냥 사람으로

아무도 알아봐 주지 않는
그냥 사람으로

가난하게 살아도 부끄럽지 않은
그냥 사람으로

있어도 좋고 없어도 좋은
그냥 사람으로

다시 태어나도
그냥 사람으로

먹어서는 안 될 때

배가 부를 때
밥맛이 없을 때
소화가 안 될 때
의사가 먹지 마라 할 때
마음이 심하게 다쳤을 때
짜증이 나거나 화가 날 때

그리고

가난한 사람 밥그릇 가로챘을 때

사흘만 살 수 있다면

나를 먹여 살려 준 논밭을
맨발로 걸어 보리라

저녁연기가
어디로 흘러가는지 살펴보리라

숨을 들이쉬고 내쉴 때마다
이 순간을 오래도록 기억하리라

정의

뛰어넘을 수 없는 산을,

뛰어넘는 사람한테만 찾아온다

지구는

하늘에서 비가 내리면

그 비로 밥을 지어

오순도순 살아가는 곳이다

2부 |

모두
제자리가
있다고요

사회적 웃음

- 고3 박경수

자동차 정비 공장 실습 갔다가요
이런저런 사람들을 만나면서
웃는 까닭이 저마다 다르다는 걸 알았어요

손님들은
수리비 깎아 달라며 웃고
사장은
깎으면 우린 무얼 먹고사느냐며 웃고
직원들은
사장님 비위 맞추려고 웃고
고3 실습생인 나는
서글프고 힘들어서 웃고

하하 허허 호호 히히 해해
웃는 소리도 복잡하지만요
웃음 종류는 더 복잡해요

코로 웃는 코웃음
눈으로 웃는 눈웃음
시원스럽게 웃는 너털웃음

빈정거리며 웃는 비웃음
마음에 없는 헛웃음

그런데요
제가 지어낸 웃음 종류가 하나 있어요
웃고 싶지도 않은데 먹고살기 위해 웃는
그렇다고 우습게 여겨서는 안 될 '사회적 웃음!'

제자리
- 고3 채선영

어머니, 공부 잘해서 유명한 대학 가려고 제가 태어난 게 아니잖아요. 돈 많이 벌어 떵떵거리며 살려고 태어난 것은 더욱 아니잖아요. 그러니 저를 복잡하고 시끄러운 도시로 밀어 넣지 말아 주세요. 남들이 서로 가려는 그 길에 나까지 끼어들어 복잡하고 시끄럽게 살고 싶지는 않아요.

어머니가 말씀하셨잖아요. 길가에 굴러다니는 작은 돌멩이 하나도, 산에서 자라는 나무 한 그루도, 밤하늘에 헤아릴 수 없이 많은 별도 모두 제자리가 있다고요.

저는 뜻 맞는 친구들과 자연 속에서 자유롭게 텃밭을 일구며 시를 쓰고 노래도 부르며 살고 싶어요. 조금 가난하게 살더라도 다른 사람과 경쟁하지 않고, 서로 나누고 섬기며 살고 싶어요. 눈을 감고 지나가는 바람 소리 들으며 바보처럼 환하게 웃으며 살고 싶다고요. 그게 제자리라고 생각해요. 저를 믿고 지지해 주리라 생각해요, 어머니는.

새털처럼 가벼운

- 고2 김선우

어찌할 수 없는 가난한 살림살이
야구를 하면 장학금 준다기에
중학교를 거쳐 고등학교 1학년 때까지
야구 연습을 했다는 선우

무슨 일이든 시키면 시키는 대로 하라며
코치가 마구 휘둘러 대는 야구방망이에 맞아
뼈가 부러지고 허벅지가 찢어지고
마음마저 만신창이가 되었다는 선우

야구 그만두고 싶은 마음이
시도 때도 없이 찾아왔지만
여태 참고 견딘 게 아깝고 억울해서
오기로 참고 또 참았다는 선우

어느 날, 여기저기
부러지고 찢어진 상처가 덧나
한평생 무리한 운동은 할 수 없다는
진단을 받고서야 꿈을 포기했다는 선우

사람들을 더구나 어른들을
믿지 못하는 병까지 얻어
환하게 웃어도 우는 것 같은 선우

지리산 할아버지 농장에 가서
야구보다 '내'가 더 소중하다는 걸 깨닫고
삶을 가꾸듯이 약초를 심고 가꾼다는 선우

스스로 깨닫고 결정한 일이라
하루하루가
새털처럼 가볍다는 선우

환한 편지
- 고2 서한영교

아버지, 제가 간디학교* 입학하게 된 동기가 있어요. 중학교 때, 아버지랑 간디학교 찾아갔잖아요. 그날, 작은 운동장에서 환하게 웃고 있는 누나를 보았어요. 그때 문득 이런 생각이 들었어요.

'나는 언제, 한 번이라도, 저리 환하게 웃어 보았는가.'

그때 마음먹었어요. 나는 간디학교에 꼭 입학해서 환하게 웃으며 살 거라고요. 아버지도 생각나시죠? 제가 간디학교에 간다고 했을 때요. 중학교 담임선생님과 가까이 사는 친척들과 이웃들도 모두 반대했잖아요. 이름도 없는 그런 학교에 가면 인생 다 망친다고요.

저는 숱한 반대를 무릅쓰고 입학을 했어요. 그러나 간디학교도 사람 사는 곳이라 서로 부대끼며 갈등과 시련이 많았어요. 어디로 가나 서로 상처를 주고받으며 살잖아요. 힘들 때마다 저를 믿어 주신 아버지를 생각했어요. 믿음을 저버리지 않으려고 제 나름대로 안간힘을 다 썼다니까요. 그 무엇보다 지금, 환하게 웃고 있는 제 모습이 가장 좋아요. 고맙습니다, 아버지.

* 간디학교 : 경남 산청군에 있는 대안교육 특성화고등학교.

한마디로 말하자면
- 고1 김진경

종교가 없어요, 저는
그러니까
수십 억짜리 시멘트 건물 안에서
냉방기 난방기 팍팍 틀어 놓고
기도 같은 거 안 해요
생각만 해도 그 꼴이 참 우습잖아요
지구온난화로 생태계가 엉망인데요
그리고 치사하게 네 편 내 편 가르지도 않아요
한마디로 말하자면
저는 아무 데도 물들지 않은
산골 청정淸淨구역 안에서 산다니까요

농담

축구 선수는 축구공에

야구 선수는 야구공에

멋들어지게 사인을 하잖아요

작가는 책에 사인을 하고요

농부는 어디에 사인을 할까요?

감자? 고구마?

나만 이런 생각을 하는 걸까

'순직'을 검색창에서 찾아보았다.

― 순직殉職은 업무 중 사망하는 경우이다.
계급이 있는 직업의 경우 특진을 하거나
국가유공자로 지정된다.
보통 소방관, 경찰관 등에 주로 쓰인다.

'국가유공자'를 검색창에서 찾아보았다.

― 국가를 위해 공헌했거나 희생한 사람 가운데
법률에 의해 대상자로 규정된 이들을 뜻한다.

국민들을 먹여 살리느라
세찬 비바람과 찜통더위에도 아랑곳하지 않고
논밭에서 농사짓다
농기계 사고나 자연재해로 죽으면
'순직'이라 하면 안 되는 걸까?
'국가유공자'라 하면 안 되는 걸까?
계급이 없어 특진을 하지 못하더라도.

아버지

밤이 깊었는데
택시 기사님한테서 전화가 왔습니다.

"여기 가음정동 다리 앞인데요.
누가 나와서 이 사람 업고 가야겠어요.
술에 취해서 걸을 수가 없어요."

이 사람이라니?
누굴까?

단숨에 달려갔습니다.
택시 안에 잠들어 있는 아버지를
태어나서 처음 업었습니다.

아버지가 이렇게 가벼울 줄은?
술을 잘 드시지 않던 아버지가
오늘 무슨 일로 이렇게 취하셨을까?
내일 일어날 수는 있을까?
오만가지 생각을 하며 집에 닿았습니다.

이부자리 펴자마자
내가 알 수 없는
아니, 상상도 할 수 없는
고달픈 아버지의 하루가
먼저 자리에 누웠습니다.

오늘은
큰 나무처럼 든든한 아버지가 아닙니다.
그냥 한 사람입니다.

피해 보상 청구 소송

어린이 행복지수 낮은 순위 1위

청소년 행복지수 낮은 순위 1위

청소년과 노인 자살률 1위

자살 증가율 1위

국가 채무 증가율 1위

낙태율 1위

이혼 증가율 1위

사교육비 지출 1위

교통사고 사망률 높은 국가 1위

남녀임금 격차 1위

저임금 노동자 비율 1위

근무시간 많은 국가 1위

산업재해 사망률 1위

실업률 증가폭 1위

출산율 가장 낮은 국가 1위

흡연율 가장 높은 국가 1위

온실가스 배출 증가율 1위

환경평가 뒤에서 1위

얼마 전에 친구들과 이 기사를 보다가 너무 가슴이 아팠습니다. 이런 나라를 어른들이 만들어 놓고 꿈을 가져라, 최선을 다해라, 혼인을 해라, 아기를 낳으라 하시니 기가 차서 할 말이 없습니다. 우리는 오늘, 이런 세상을 만든 어른들에게 정중하게 '피해 보상 청구 소송'을 하고자 합니다. 어떻게 피해 보상을 할지 함께 둘러앉아 머리 맞대어 고민해 보고, 대안을 마련해 주시기 바랍니다. 그럼 자세한 답변을 기다리겠습니다.

마음 놓고 밥 먹고 싶은
대한민국 청소년 올림

희망 쪽지

- 대학 시험을 앞두고 상주여고 들머리에 걸린 '희망 쪽지'를 보면서

살면서 힘든 일 없게 해 주세요!
행운과 기적이 따르게 해 주세요!
돈, 건강, 수시 대박!
다이어트 성공할 수 있기를!

정성 들여 써서 붙여 둔
수백 가지 쪽지 가운데
내 마음을 사로잡은

— 정직한 사람이 되게 해 주세요!

돌아갈 수 있는

황매산 자락 조그만 산골, 이름도 고운 나무실 마을에 어머니와 아버지가 뿌리를 내리고부터 마침내 내게도 고향이 생겼습니다. 작은 흙집 마당에 들어서면 기분 좋은 흙냄새 나고, 오래된 감나무 아래 평상이 있어 낮잠 자거나 책 읽기에 딱 좋습니다. 장독대 앞에는 분꽃과 봉선화가 활짝 피어 바라만 봐도 흐뭇합니다. 작은 텃밭에는 상추, 부추, 고추, 토마토 들이 쑥쑥 자라고, 앞집 지붕을 타고 오르는 호박 덩굴은 크든 작든 무엇이든 잡히는 대로 감고 제 갈 길 갑니다.

내가 어디에 살더라도 그리움 가득 안고 달려갈 수 있는 곳, 삶이 고달프고 쓸쓸해서 혼자 목 놓아 울고 싶은 날이면 그냥 달려가 안기고 싶은 곳, 언제든 나를 기다려 주고 반겨 줄 따뜻한 고향이 생겼습니다. 도시 셋방살이 떠돌아다니며 정 붙이고 살아갈 마을 하나 없이 그저 '흔적들' 위에서만 살아온 내게도 돌아갈 고향이 생겼습니다. 생각만 해도 가슴 두근거리는 고향에 어머니와 아버지가 살고 있습니다.

3부 |
먹는 일보다
거룩한 일이
어디 있겠습니까

오늘은 그냥 잡시다

씨감자값 삼만 원 보내야 하고
생협에 오만 원 보내야 하고
아아, 돈 줄 데가 한 군데가 더 있었는데?
아무리 생각해도 떠오르지가 않네
혹시 떠오르는 거 없소?
아아, 생각났어요!
삼만 원 줄 데가 두 군데였잖아요
한 군데는 씨감자값이고,
한 군데는 누구한테 빌렸다고 했는데
누구한테 빌렸지?
누군가 우리한테 삼만 원 빌려주고는,
줄 때까지 마냥 기다리고 있지 않을까요?
아무튼 남의 돈 함부로 여기는 사람이라고
욕이나 안 했으면 좋으련만
큰일이네, 큰일이야!
날이 갈수록 기억력이 없으니
앞으론 무슨 일이든 적는 버릇을 들여야겠어요
이제 고민 그만하고
오늘은 그냥 잡시다, 여보!

못난 시인

아내는 예슬이네 집에
고구마 두 상자 주문하고
8만 원을 보냈는데요
예슬이 어머니한테 전화가 왔습니다요

"언니, 고구마 두 상자 값이 7만 원인데
왜 8만 원을 보냈어요?"
"머리는 7만 원인 줄 아는데
가슴이 자꾸 8만 원을 보내라 하네."
"아아, 나는 언니가 돈을 잘못 보낸 줄 알고."
"누가 알겠노, 농부가 농부 마음을 알지."
"알고 보니 언니가 진짜 시인이네."

두 사람이 주고받는 말을 들으면서
시 나부랭이나 쓴다고
거들먹거리며 돌아다닌 내 모습이
참 딱하게 보였다니까요

잠깐 사이에

날이 갈수록 살이 빠지고
앉았다 일어나면 어지럽기도 하여
파티마 병원 내과 앞에서
차례를 기다리는데

같이 간 아내는
진료 대기실 의자에 앉자마자
달팽이처럼 웅크리고 잠을 잡니다

그 잠깐 사이에
코까지 골며 자는 아내 어깨 사이로
따뜻한 햇볕이 떠날 줄 모르는데……

간호사가 '서정홍 님' 부르는 소리에 놀라
선잠을 깨고 일어난 아내가
혼잣말로 중얼거립니다

"아이고, 여기가 어디고?
농사철엔 등만 닿으모
잠부터 먼저 온다 아이가."

최영란 씨

소나무 숲에 사는 최영란 씨는 정상평 농부의 아내고 구륜이와 효준이 어머니고 가까운 이웃입니다.

바쁜 농사철에 잠시 들렀는데 새참이라도 드시고 가라며 붙잡습니다. 내일모레부터 장마가 온다는데, 새참 먹을 틈이 어디 있냐며 뿌리치는데도 자꾸만 붙잡습니다. 못 이기는 척 작업신을 벗고 집 안에 들어가 새참을 먹는 사이에, 최영란 씨는 땀 냄새 거름 냄새 가득 배인 내 작업신을 두 손으로 잡고 탁탁 털고 있습니다. 작업신 안에 들어 있던 마른 흙이며 풀이며 거름 가루가 막 쏟아져 나옵니다.

새참을 먹다가 나도 모르게 눈길이 멈추었습니다. 하찮은 농부의 작업신을 두 손으로 잡고 깨끗하게 털어서 나란히 놓는 그 손 위에, 잠시, 모든 시간이, 멈추었습니다.

괜찮아요

어떤 일이든
최선을 다하지 않아도 괜찮아요

내가 최선을 다하면
누군가는
더 최선을 다해야 하잖아요

나 때문에
최선을 다하고도
꿈을 이루지 못하면 미안하잖아요

누군가를 생각하면서
쉬엄쉬엄
쉬엄쉬엄 가도 괜찮아요

못난 사내

밤새 알레르기 천식으로

숨넘어갈 듯 그렁거리던 아내가

새벽녘이 되어서야 겨우 잠이 들었습니다

갑자기 죽은 듯이 고요하여

아내 손을 살며시 잡아 보았습니다

입이 근질근질하여

도시에서 찾아온 이웃집 며느리와 아이들이
초가을 햇볕 뜨거운 대낮에
김장배추 어린 모종을 부지런히 심고 있는데
말을 해야 하나 말아야 하나

― 대낮에 어린 모종을 심으면
햇볕에 타 죽을 텐데

차마 그 말은 하지 못하고
반갑다는 인사를 나누고 돌아서면서
말을 해야 하나 말아야 하나

― 구덩이에 물을 듬뿍 주고 심으면
살아날 수도 있을 텐데

도둑놈

이웃 마을에 벌 키우는 친구가요
하루는 벌통 앞에 두꺼비가 딱 앉아
날름날름 벌을 잡아먹는 걸 보았대요
하도 괘씸해서 두꺼비를 잡아
등에 매직으로 '도둑놈'이라고 써서
언덕 아래로 던졌대요
그런데요
그 다음 날 아침에 벌통 앞에 가 보니
그 도둑놈이 다시 찾아와
날름날름 벌을 잡아먹는 걸 보았대요
하도 기가 차서
그 도둑놈을 짐차에 태워
한참을 달려 이웃 마을 언덕에 던지고 왔대요
그 도둑놈이 다시 찾아왔을까요?

모자 이야기

열일곱 청년 농부 구륜이가
진주 시내 나들이 갔다가요
'아아, 저 벙거지 모자!
시인 아저씨 쓰면 잘 어울리겠네.'
싶어서 모자를 샀대요

그 모자를 산 지
사흘이 지나고 나흘이 지나고
열흘이 지나고……

나를 만나기만 하면
선물로 줄 거라 잔뜩 벼르고 있다가
논두렁 옆에서 딱 만났지 뭡니까요

그런데 그 모자를 뒤에 감추고
한참 말도 없이 따라오더니
슬며시 모자를 내 손에 쥐여 주고는
얼굴이 홍당무가 되어 달아났어요

그 모자, 쓰고 다니기 아까워
보물처럼 벽에 걸어 놓았어요

라면 맛있게 끓이기

비 오는 날에 농부들이 모여
'라면 맛있게 끓이기'를 했습니다.
라면은 아버지들이 끓이고
심사는 어머니들이 맡았습니다.

양파를 넣은 양파 라면
대파를 넣은 대파 라면
김치를 넣은 김치 라면
떡국을 넣은 떡국 라면
달걀을 넣은 달걀 라면
고추를 넣은 고추 라면

심사위원장은 돌아가며 맛을 보고는
라면 맛있게 끓이는 비법 두 가지를 말했습니다.

"첫 번째, 물 양입니다. 땅에 거름을 많이 뿌려도 농사가 안 되고 적게 뿌려도 농사가 안 되듯이 냄비에 물을 알맞게 부어야 합니다. 두 번째, 재료를 넣는 때입니다. 거름을 넣고 갈아 둔 땅에 때를 잘 맞춰 씨를 뿌려야 잘 자라듯이 라면도 마찬가지입니다. 아무리 좋은 재료라 하더라도 때를 잘 맞춰 넣어야 맛이 납니다. 끝으로 한 말씀 덧붙이겠습니다. 농사 잘 짓는 농부가 라면도 맛있게 끓입니다."

저녁 무렵
- 허리를 다쳐 몇 달째 누워 있는 상록이 아우가 보낸 문자

형, 택배로 보내 주신 김치
잘 받았습니다
잘 먹을게요
김치만 있으면 든든하지요
먹는 일보다 거룩한 일이 어디 있겠습니까?
정말 고맙습니다
형, 저는 너무 걱정하지 마세요
가끔 몸이 아프고 어려운 일이 생겨야
생각과 삶도 깊어지겠지요
어서 빨리 일어나서
밥상에 꼭 필요한 김치처럼 살게요

농부 마음

삼월, 얼었던 땅이 풀리자
얼씨구, 기다렸다는 듯이
산밭을 일구어 씨감자 심고

사월, 감자 싹이
고루고루 잘 올라오도록
아침저녁으로 기운을 불어넣고

오월, 감자 꽃이 피자
이때다 싶어
감자알 굵어져라 북주기를 하고

유월, 비지땀 흘리며
감자를 캐어 택배 보내 놓고
어찌나 마음 설레는지요

내 손으로 가꾼 감자를 먹고
집집마다 푸지직 푸지직
감자 똥 누는 사람들 생각하면

사람을 살린 논

가톨릭농민회 김경옥 사무국장이 농민들 모임 참석하러 가는 길에요. 잠깐 졸다가 승용차가 논에 처박혀 정신을 잃었는데요. 가까운 다랑논에서 김을 매던 늙으신 농부님이 큰 사고가 났을 거라 생각하고 먼저 119 신고부터 한 다음, 한걸음에 달려갔대요. 다행스럽게 사람도 다치지 않고 승용차도 쭈그러진 데가 없어 그제야 한숨 돌리고 나서 말씀을 하셨대요.

"논에 처박혀 살아났구먼. 저 언덕으로 떨어졌으모 우찌 되었을꼬. 논이 자네를 품어 살린 거여. 어쨌든 살아 주어 고맙구먼."

서른 살부터 쉰다섯 살이 넘도록 독한 농약과 화학비료에 병든 논을 살리느라 세월 가는 줄 모르고 살아온 김경옥 사무국장이 정신이 들어 겨우 문을 열고 나와 승용차 바퀴를 살펴보았는데요. 논에서 자란 벼가 바퀴를 휘감고 있더래요. '벼가 바퀴를 휘감아 승용차를 세웠구나. 논이 나를 살렸구나!' 싶어 가슴이 뭉클해지더래요.

밥값

'여우네 도서관' 강연을 마치고

맛있는 밥까지 잘 얻어먹고 나오면서

아이들이 아무렇게나 벗어 둔 신발을

머리 숙여 가지런하게 놓았습니다

시

아무리 바쁘게 살아가는 사람도
시를 읽으며 삶을 가꿀 수 있다고,
한글을 아는 사람이면 누구나
시를 쓰면서 세상을 바꿀 수 있다고,
90분 넘도록 서서 강연을 마치고 나오는데
한 학생이 '살며시' 따라 나와 말을 걸었어요.

"농부 시인님, 다리 아플 텐데
저 나무 아래 잠시 쉬었다 가세요."

혼자 집으로 돌아가는 산길에
쓸쓸한 초승달 따라
한 학생이 '살며시' 쓴 시가 나를 따라옵니다.

"농부 시인님, 다리 아플 텐데
저 나무 아래 잠시 쉬었다 가세요."

이제부터

자동차 공장에서
자동차값을 정하는데
컴퓨터 공장에서
컴퓨터값을 정하는데

농부인 내가 심고 가꾼 농작물을
내가 값을 정하지 못하다니!
이제부터 내가 값을 정해야겠다

정규직과 집 있는 사람한테는
조금 더 받고
비정규직과 집 없는 사람한테는
조금 덜 받아야겠다

아득히 멀다

농부인 나는
꽃샘추위와 잦은 봄비로
감자를 심지 못해 애간장이 탄다

도시 친구는
주식 투자를 어디에 해야 할지
아파트값이 언제 오를지 애간장이 탄다

농부인 나는
다른 물가는 10배 20배 다 올랐는데
쌀값은 10년 전이나 20년 전이나
거의 변함이 없어 걱정이다

도시 친구는
날이 갈수록 은행 금리가 낮아
어느 은행에 넣어야 돈을 벌 수 있을지
걱정 또 걱정이다

똑같은 땅에서
똑같은 해에 태어난 우리

만날 때마다
말과 말 사이가 아득히 멀다

아버지는 속으로 운다

먹고사느라 바빠
아이들 학교 입학식 한 번 가 보지 못해서

공부와 경쟁에 지쳐 돌아온
아이들 어깨 한 번 다독거려 주지 못해서

사춘기 무렵, 까닭도 없이 방황하던
아이들과 여행 한 번 못 가서

삶이란 끝없이 외로운 길이란 걸 눈치챈
아이들 뒷모습 바라보면서

스스로 길을 찾아 객지로 떠난
아이들 생일이 다가오면 미역국 생각이 나서

"아버지, 첫 월급 받았어요!"
그날 사 준 따뜻한 속옷을 입으면서

"아버지, 어쩐지 사는 게 고달프네요."
그 말 한마디 잊지 못해서

"아버지, 감기몸살로 온몸에 열이 나요."
들녘에서 받은 문자를 보고서

"아버지, 이번 명절에는 바빠 내려갈 수 없어요."
늦저녁에 걸려 온 전화를 받고서

아버지가 되고 나서야 알았습니다

사랑한다는 말에는
숱한 책임이 따른다는 것을

'아버지의 무게'를
스스로 지고 가야 한다는 것을

어떤 일이 있어도 아버지가 바로 서야만
아이들이 바로 설 수 있다는 것을

아이들을 자유롭게 해야만
내가 자유로울 수 있다는 것을

아이들이 쑥쑥 성장하는 걸 보면서
오히려 내가 성장한다는 것을

아이들이 언제든지 기댈 수 있는
든든한 산이 되어야 한다는 것을

아버지답게 산다는 게
가장 어렵고 힘든 일이란 것을

내게도 아버지가 계셨기에

지난 삶이 평온했다는 것을

4부 |

땅에 발을 딛고
일을 해야
사람이 되지

선물

봄에는
부지런히 심고 가꾸라고
'일비'가 내린다

여름에는
부지런히 일했으니 낮잠 자라고
'잠비'가 내린다

가을에는
이웃들과 햅쌀로 떡 해 먹으라고
'떡비'가 내린다

겨울에는
벗들과 술 한잔 나누라고
'술비'가 내린다

오래된 사진 앞에서

사진 속에 저 사람이 나라고?

어허, 아무리 보아도 잘 모르겠구먼

가만있자, 사진 속에 저 소는 우리 소여

농부가 자기 소를 어찌 모르겠는가!

기다리는 마음

뒷산 할아버지 무덤 옆에
고사리 필 때쯤
옥수수 씨앗을 심어야 혀
여름 방학 때 너희들이 놀러 오면
옥수수 삶아 줄 수 있게 말이여
옥수수 씨앗 심어 놓구
여름 방학 기다리는 할매 마음에는
봄부터 옥수수가 주렁주렁 열려야
그라이 꼭 놀러 와야 혀

봄비

우리 마을에 오늘 내린 봄비를
돈으로 따지모 얼마나 될랑가

천만 원쯤 되지 않을까

오천만 원쯤은 될걸

아니, 오천만 원만 되겠냐

어허, 봄비가 내리지 않으모
흉년이 들어 다 굶어 죽을 낀데
그걸 우찌 돈으로 계산할 수 있겠노

맞다 맞어!
만물을 살리는 봄비를
우찌 돈으로 계산할 수 있겠노

참깨 말리는 날

산밭에 깻단을 베어
한 단씩 한 단씩 묶어
햇살 잘 드는 벽에 기대어 놓고
할머니는 한눈을 팔지 못한다

잠깐 아주 잠깐이라도 한눈을 팔면
동네 멧비둘기들이 휘익 날아와
깻단에 머리를 처박고는
정신없이 참깨를 쪼아 먹는다

보다 못한 할머니는
세워 둔 참깨 위에 망을 덮었는데
눈치를 살피던 멧비둘기들이
야속하네 야속하네 쫑알쫑알 중얼중얼

놀러 가지 못하는 할머니가 딱하고
배불리 먹지도 못하는 멧비둘기도 딱한
늦여름 하루가
딱하게 딱하게 흘러간다

함박골 할머니
- 노인대학 수업시간에

선상님요, 지는*
곱하기 나누기 이런 거는 못해도
이건 잘 알아유
우리 영감 죽은 지
오늘이 딱 칠 년 하고
아홉 달 되는 날이라유

* 지는 : 저는.

나이 여든

도시에 사는 자녀들이 올 때마다
힘든 감 농사 그만두라는데
하동 할머니는 아직 그만두지 못한다

어쩐지 서운해
한 해만 더

아직 움직일 힘이 있어
한 해만 더

창고에 감 상자가 남아서
한 해만 더

거름이 조금 남아
한 해만 더

한 해만 더, 한 해만 더
올해 나이 여든이다

슬픈 기억

산골에서 혼자 농사짓는 순천 할머니는
암보다 더 무섭다는 치매에 걸려
말을 잘 알아듣지도 못하고
날이 갈수록 배고픔도 잊어버리고
굶는 날이 더 많습니다

그런데 말입니다

말을 잘 알아듣지 못해도
배고픔은 잊어버려도
자식들이 좋아하는 들깨는
때를 놓치지 않고 심고 거둡니다

한평생 자식들 먹여 살리느라
하루도 쉬지 않고 움직인 손은
치매에 걸리지 않았습니다

뒤통수가 따가워

마을 할머니 세 분이 점심밥 잘 드시고 와서
정자나무 아래 앉자마자 험담을 늘어놓는다
누구네 며느리가 바람이 나서
올 때마다 치마 길이가 짧아진다는 둥
누구네 아들이 불효막심하여
부모한테 돈 뜯으러 왔다는 둥
누구네 손자가 노름에 빠져
집안을 다 말아먹었다는 둥
어쩌고저쩌고 이러쿵저러쿵
바람결에 들은 이런저런 소식을
걱정 반 험담 반 쉬지 않고 늘어놓다가
서산에 저녁노을이 물들고 나서야
세 분이 한꺼번에 일어나신다
뒤통수가 따가워 혼자는 못 일어나신다

장수 할아버지

이놈들아, 보수고 진보고

주둥이만 살아서

쥐어뜯고 싸운다고 사람이 되겠냐?

땅에 발을 딛고

일을 해야 사람이 되지

농사꾼의 철학

적게 일하자
골병들지 않게

적게 먹자
쉽게 비울 수 있게

적게 쓰자
서로 나눌 수 있게

떨어질 수 없는

"순동댁, 맨날 얻어만 먹지 말고
맛있는 거 있으모 니도 좀 가져오래이."

"아이고오, 산골짝에
물 끼 오데 있다꼬* 자꾸 가져오라 쌓노."

"어제 자식 놈들 왔다 갔는데
물 끼 없다는 게 말이 되나."

"중촌댁, 자식도 자식 나름이지.
썩을 놈들이 빈손으로 왔다 갔다니까."

순동 할머니와 중촌 할머니는
만나기만 하면 지지고 볶고 싸우신다.

돌아서면 언제 싸웠느냐는 듯이
웃고 지내신다.

* 물 끼 오데 있다꼬 : 먹을 게 어디 있다고.

옥신각신

어머이, 올해 나이가 여든두 살이오.
팔팔한 나이가 아니라니까요.
제발 양파 캐는 일 그만두이소.

내 나이를 내가 모르모 누가 알겠노.
며칠 전부터 산청댁이 일손 없다고
사정사정하는데 우짜끼고.*

새벽 여섯 시부터 저녁 일곱 시까지
여름 땡볕에서
열세 시간 일하는데 하루 임금이 7만 원이 뭐요.

이웃 일인데
돈 생각하고 가는 사람이 오데 있노.

어머이, 농사일 한 며칠 하고 나모
한의원 가서 침 맞고
병원 가서 물리치료하고
약국 가서 약 받아먹고……
돈 조금 벌어서 의사 약사 주고 나모

남는 기** 뭐가 있소.

아이고, 이눔아!
일손이 없어 심은 걸 못 거둔다 카는데
우찌 안 갈 수 있겠노.

* 우짜끼고 : 어떻게 할 거냐.
** 남는 기 : 남는 게.

빈자리

산내 할머니는 중풍에 걸려 똥오줌조차 혼자 누지 못하는 영감을 20년 넘도록 집에서 돌보았어요. 자식들 기대지 않고 혼자 힘으로, 불평 한마디 없이, 꿋꿋하게 돌보았어요.

열일곱 살에 시집와서 칠십 년 넘도록 농사지으랴, 집안일 하랴, 병든 영감 돌보랴, 하도 바빠 마을 사람들과 단풍놀이 한 번 가지 못했어요. 그렇게 무심한 세월이 흘러 아픈 영감 따라 늙어 버렸지요.

병든 영감을 혼자 돌보기엔 하도 힘에 부쳐, 엊그제 요양원에 보내 놓고, 혼자 밥을 먹는데 그리 맛이 없더랍니다. 마을 사람들은 애물덩어리 영감이 떠났으니 이제 두발 뻗고 편안하게 잘 수 있고, 마음 놓고 돌아다닐 수도 있는데, 왜 밥맛이 없느냐고 묻습니다. 산내 할머니는 들어도 못 들은 척 멍하니 영감 누웠던 자리만 바라봅니다.

누가 듣거나 말거나

잠시 후 고가 차도입니다
500미터 앞에 과속 단속 구간입니다
시속 80킬로 이하로 주행하십시오
안전을 위해 전 좌석 안전벨트를 착용하십시오
잠시 후 고속도로 입구로 진입하십시오
다음 안내 시까지 10킬로 남았습니다
300미터 앞에 급커브 구간입니다
안전운행하십시오
현재 구간은 100키로입니다
600미터 앞에 졸음 쉼터가 있습니다

내비*가 있는 승용차를 처음 타 본 밀양 할매가
차 안을 이래저래 살펴보더니
누가 듣거나 말거나 혼자 중얼거리신다

누가 저리도 친절하게 말해 주노
목석같은 우리 영감탱이보다 낫고,
잘난 자식새끼들보다 낫다야
야야, 600미턴가 가모 졸음 쉼터가 있다 카이
오줌이나 누고 좀 쉬었다 가자야

* 내비 : '내비게이션'을 줄여서 쓰는 말이다.

쿤페 마을* 1

그곳에는
개들을 묶어 놓지 않는다
그곳에는
개들이 늦잠을 자고 일어나
떠오르는 아침 해를 보다가
아침운동을 하고 밥을 먹는다
느릿느릿 마을 골목을 돌아다니며
졸리면 아무 데서나 낮잠을 잔다
해질 무렵이면
가만히 누워 저녁노을을 보다가
배가 고프면 슬며시 집으로 들어간다
그곳에는
닭들도 소들도 사람들과 어울려
느릿느릿 한가롭게 산다

* 쿤페 마을 : 태국 치앙마이에서 자동차를 타고 흙길과 시멘트 길을 두 시간 남
  짓 가면 닿을 수 있는, 해발 1000미터가 넘는 가난한 산골 마을.

쿤페 마을 2

밑바닥 구멍 난 낡은 끌신*
여기저기 해지고 기운 와이셔츠
바람 불면 금방이라도 무너질 것 같은 나무 집
그 안에 가난이 뚝뚝 떨어지는 살림살이

그 살림살이 보듬고
커피 껍질을 벗기는 할머니
바나나를 따는 할아버지
돼지 똥을 치우는 아버지
아기한테 젖을 주는 어머니
산밭에서 땀 흘리며 일하는 청년들

서산에 해가 지면
누가 시키지 않아도
작은 성당에 이웃들과 모여 앉아
성가를 부른다
신이 주신 하루에 고개 숙이며

* 끌신 ; 발끝만 꿰게 되어 있고 뒤축이 없는 신발. '슬리퍼'라고도 함.

쓸쓸한 길

남의 땅 빌려 농사지어
아들딸 낳아 키우랴
공부 뒷바라지하랴
취직시키랴
혼인시키랴
애써 키운 소 팔아
장사 밑천 대 주랴

그렇게 그렇게 사셨는데
장날에
소고기국밥 한 그릇
마음 편히 못 드시고 돌아가신
아버지
아버지의 아버지

선배 노릇

나무실 할아버지 돌아가시고
이제
할머니 혼자 남았는데

할아버지 먼저 떠나보낸
마을 할머니들이
날마다 같이 잠을 자 줍니다

혼인하고 예순 해 넘도록
둘이 자다 혼자 자면
빈자리, 얼마나 쓸쓸하겠냐며

농부는

벼농사 지어 메뚜기도 주고
땅콩 농사지어 들쥐도 주고
무 농사지어 굼벵이도 주고
배추 농사지어 달팽이도 주고
고추 농사지어 노린재도 주고
케일 농사지어 진딧물도 주고
수수 농사지어 멧비둘기도 주고
고구마 농사지어 멧돼지도 주고
옥수수 농사지어 너구리도 주고

오늘부터

모든 신은 하나다

우리는 오직, 사랑하는 일만 남았다